U0081297

向一根　　電線杆
半透明的　　祈　雪

蘇家立詩集

【總序】

台灣詩學吹鼓吹詩人叢書出版緣起

蘇紹連

「台灣詩學季刊雜誌社」創辦於一九九二年十二月六日，這是台灣詩壇上一個歷史性的日子，這個日子開啟了台灣詩學時代的來臨。《台灣詩學季刊》在前後任社長向明和李瑞騰的帶領下，經歷了兩位主編白靈、蕭蕭，至二〇〇二年改版為《台灣詩學學刊》，由鄭慧如主編，以學術論文為主，附刊詩作。二〇〇三年六月十一日設立「吹鼓吹詩論壇」網站，從此，一個大型的詩論壇終於在台灣誕生了。二〇〇五年九月增加《台灣詩學‧吹鼓吹詩論壇》刊物，由蘇紹連主編。《台灣詩學》以雙刊物形態創詩壇之舉，同時出版學術面的評論詩學，及以詩創作為主的刊物。

「吹鼓吹詩論壇」網站定位為新世代新勢力的網路詩社群，並以

「詩腸鼓吹，吹響詩號，鼓動詩潮」十二字為論壇主旨，典出自於唐朝・馮贄《雲仙雜記・二、俗耳針砭，詩腸鼓吹》：「戴顒春日攜雙柑斗酒，人問何之，曰：『往聽黃鸝聲，此俗耳針砭，詩腸鼓吹，汝知之乎？』」因黃鸝之聲悅耳動聽，可以發人清思，激發詩興，詩興的激發必須砭去俗思，代以雅興。論壇的名稱「吹鼓吹」三字響亮，而且論壇主旨旗幟鮮明，立即驚動了網路詩界。

「吹鼓吹詩論壇」網站在台灣網路執詩界牛耳是不爭的事實，詩的創作者或讀者們競相加入論壇為會員，除於論壇發表詩作、賞評回覆外，更有擔任版主者參與論壇版務的工作，一起推動論壇的輪子，繼續邁向更為寬廣的網路詩創作及交流場域。在這之中，有許多潛質優異的詩人逐漸浮現出來，他們的詩作散發耀眼的光芒，深受詩壇前輩們的矚目，諸如：鯨向海、楊佳嫻、林德俊、陳思嫻、李長青、羅浩原等人，都曾是「吹鼓吹詩論壇」的版主，他們現今已是能獨當一面的新世代頂尖詩人。

「吹鼓吹詩論壇」網站除了提供像是詩壇的「星光大道」或「超級偶像」發表平台，讓許多新人展現詩藝外，還把優秀詩作集結為「年度論壇詩選」於平面媒體刊登，以此留下珍貴的網路詩歷史資料。二〇〇九年起，更進一步訂立「台灣詩學吹鼓吹詩人叢書」方案，鼓勵在「吹鼓吹詩論壇」創作優異的詩人，出版其個人詩集，期與「台灣詩學」的宗旨「挖深織廣，詩學台灣經驗；剖情析采，論說現代詩學」站在同一高度，留下創作的成果。此一方案幸得「秀威資訊科技有限公司」應允，而得以實現。今後，「台灣詩學季刊雜誌社」將戮力於此項方案的進行，每半年甄選一至三位台灣最優秀的新世代詩人出版詩集，以細水長流的方式，三年、五年，甚至十年之後，這套「詩人叢書」累計無數本詩集，將是台灣詩壇在二十一世紀中一套堅強而整齊的詩人叢書，也將見證台灣詩史上這段期間新世代詩人的成長及詩風的建立。

若此，我們的詩壇必然能夠再創現代詩的盛唐時代！讓我們殷切期待吧。

二〇一一年七月修訂

【推薦序】

一捧雪色的火焰

作家、女詩人　馮瑀珊

一捧雪色的火焰。我這樣形容家立的詩，更形容他的人。像雪那樣清白，像火那樣熱情。雪與火，冷與熱。是的，家立也有他矛盾的一面。這樣的矛盾，常常使得他的詩產生一種特別的美感。既強調生命本身，卻也厭棄生命本身。全部，只為了心中的信仰而活著，他的詩，反映了這部分的人格特質。

「只有安眠藥和網路線的房間中／四季過得比呼吸更快／他喝下最後一口碳酸飲料／一顆泡泡碎了像沙漠／又一年在水平線上過了／日記留白一篇篇中輟的戀情／他以貓的執著關上桌燈」（〈在日記折角的污漬上旋轉〉）

家立是堅定的，對於他信仰的詩和愛，不惜生命去守護捍衛，就算冷酷，就算死，都甘願。具備雪的清白和冷酷，火的熱情和毀滅。這樣的矛盾，在他的詩裡，並行不悖。反而產生一種決絕的美感，像雪熔化在火焰之中，而火焰被染成無瑕的雪色。那樣的互為表裡，那樣爆裂，卻又無悔的捨身。

再讀這兩段，更能看清楚，這捧雪色火焰的姿態：

「我能還妳什麼？／在碎石子遍佈的沙灘上／將手腕靠近心臟／割下一條曾經沸騰的血管」（〈思念的代價〉）

「我的內心也有一枚颱風／叫囂著失語的愛情／妳的眼睛是連夜偷渡的流星／點燃我曾經無機的天空／啊。那是天花板／每一片仍彼此吻合的往事」（〈我不相信今晚仍能看見星星〉）

家立是重情重諾的男子漢，這剛毅的柔情在詩裡表露無遺。對於他重要的人事物，騎士般守候，誓願不離不棄。就像這麼多年，身為他的「姊樣」，我感到十分溫暖欣慰。這就是家立，其人其詩：一捧雪色的火焰，看似冷，卻無比溫暖。

【自序】

做為文字的容器所必要的條件

蘇家立

很莫名其妙的，身心就被文字佔領了。

連賣身契也沒收到，就這樣很自然地，跌入了它精心設計的圈套。當繆思拿著繩索要套住你的脖子，把你當成一條忠狗，藉由想像的力量牽著你徜徉這廣闊的世界，又有誰能真正拒絕呢？至少我不想婉拒，寧願被文字所俘虜，並願意被它支配，讓自己成為承載它的容器，為它說出所有能表達或無法言述的事象。為了它，或許該嚴謹地說，為了它所凝淬的詩，甘心捨棄「人」的象徵，那也無妨。

自己什麼也不懂，只知道用一顆白色的心，透明的眼睛去凝視這個世界，以看似冷漠的手撫摸能接觸的事物，用彷彿憔悴的笑容模糊感受到的悲傷，這是我身為文字的奴僕，能夠給予世界的渺小回饋。這世界有太多真實無法描繪的坎坷，卻也無法以一副自得的模樣擺擺首、聳聳肩說「就這樣吧」那樣輕描淡寫，所以我希望自己能多看些什麼，能用一種謙卑的心情，披上一件由激情織成的薄衫，輕盈地在飄著白雪的北方旅行，即使一身彷徨也沒有關係。

無助於詩，因詩而正視了自己的無助。為了做一個還算稱職的容器，我還想把自己的心撐得更遼闊，直到能收納更多哀傷，當零度以下的景緻慢慢燃燒起夏季前，我不想輕易別開我炙熱的雙眼。

很自然而然的，身心就這樣被文字盤踞了，尤其是左心室剛買了第二道鎖的昨天，路上的小偷一直都相當猖獗，就算沒有太陽也是掛著意識流的笑容。

目次

輯一　溫暖的進化來自於冰冷

輯二 可融化的妳在虛線的樹梢上持續地透明

輯三　這世界需要更多誘發叛變的催化劑

輯四　雪白或許是日常生活

輯五　為了飄落連天空也可以捨棄

輯一

溫暖的進化來自於冰冷

・不協和的奏鳴曲

走過漫長的換日線
衣袖沾滿微微發光的星塵
在融了一個銀冬之後
我的旅程收斂於海拂來的薰香
以鹽粒和淚珠替日記鑲上小圓窗
用薩克斯風的時差敞開
妳和兩三朵八分音符的距離

我曾著迷於快板的憂傷
毫不猶豫拿起陽光冷鍛的刀

鑿穿鏡子中眼眶嵌著磁石的人
他欠缺理想的心律
胸膛插滿尖銳的碎琉璃
輕輕地幫他畫上笨拙的休止符
在妳反覆另一個樂譜的主旋韻前

驟雨像小提琴而妳總撐著傘
我渾身濕透的理由不只是聽見
妳與傘面同樣低溫的雪容
滴答滴答　不能是呼喚黎明的鈴聲
倒映著灰空的水漬無疑是定音鼓的表層
每一個經歷的腳步聲都相當秋季

（時間總會施法眩惑比熱低的物質
隔著島嶼我看見椰樹上有幾顆

類似妳心臟的綠色果實
像妳預定好的婚禮日期般堅硬無比
而不適當的泳姿和過時的換氣並不能撬開它們）

我在懸崖上的獨白
只有近似於藍的浪花拍手
換日線從掌心切出兩個劇本
一個被影子佔據沒有任何台詞
另一個我不敢在沒有流星時翻開
遠方的燈塔有妳看著海的模樣
就像妳煽動一條海豚呆滯地擱淺

我直覺我的旅程必須有豎琴陪葬
每一條絃唱著沒有出口的童話
令白雲停泊的山巔崩解

讓河流沖刷的平原荒蕪
啊。缺乏色彩的薄影將我與十六分音符重疊
不會再有任何過慢的聲音

沒有彎下腰剜出我眼眶裡的石頭
最後妳還是悄悄地經過
以一株罌粟綻開黃昏的慢板從未停留

・黎明前後的你我

窗戶的溝槽有紙飛機的殘骸
夕陽墜落在透明玻璃上
你看看小巷裡遺失著影子的行人
每一個都在尋找今早的露水
安安靜靜地像沉默的塑像
臉上只有一層白灰

讓蝴蝶的彩翅撐開窗戶
引擎發動聲猝然鑽入
微風就這樣被綁架而去

深夜的狗吠聲似乎在挖掘幾個
裝不滿腳印的洞
夜燈陸陸續續閃起
故事在明暗之間夾著飛蛾

在充滿汗漬的枕頭種下夏夢
你疲倦的頸椎是不年輕了
偶爾會夢見幾個酒瓶在耳畔打滾
使褐色的海洋反覆擱淺
冒出一顆顆乳白的氣泡
醒來之後便成了雲層

於是馬路上不可辨識的門牌變多
容易迷路的上班族聚集在酒店裡
打發多餘的情慾和皮夾裡的名片

你收到一份莫名的禮物
最好在傍晚襯著電視聲打開
烹飪節目的菜色是那樣真實
寄宿選台器上的指紋卻不只一個
扯開淡紫的緞帶後
兩把鑰匙靜靜摩擦著彼此的鏽

你拿出其中一把放進窗戶的溝槽裡
時間依然是不受限的沙漏
慢慢碾碎從風扇而來的呼吸
剩下一把打不開任何門
你只能將它塞進枕頭內側深深地睡去

客廳裡的公事包藏有一件洋裝
略帶罪惡感的蕾絲不斷抽搐

體會它空虛的嫵媚需要一具肉體
你再一次調準手腕上的錶
確認秒針的粗細
是否吻合橫跨動脈的傷痕

你的桌上空白如沉默的雪原
曾經躺著幾張想像力豐富的畫紙
也許描繪滿月的輪廓
能讓抽屜裡瓶裝的星星不停閃爍
一杯咖啡無故傾倒
而你不打算拭去污痕

像骨牌一般往柔軟的床鋪西沉
自由，是睡眠唯一的前提
釀時的螢火飄忽不定

濃霧據說只是一種情書
偷偷在窗外與曙光窸窸窣窣

・櫻花雪

在燈塔裡沒有季節
旋轉而下的階梯
海是唯一
流動的平原

我曾經放生過一條紙船
當它還沒染上黑夜
瞳孔早已乘著扇狀的光
飛往另一片
浮著鈴聲的海

有人說，下雪像被逗貓棒
懲罰的小貓
鼻子一癢，爪子也跟著柔軟
毛茸茸的背停靠了幾條
無法航行的白紋
然後就是春天

我無法再睜開眼睛了
冰冷也是一種色彩
輕輕抹過額頭的手指
轉動了一顆螺絲帽
銀色的心跳
有一片櫻花躺在十字凹槽上
仰望海的邊界

沒有季節能在雪中
再下一次雪
或許粉紅色是一根根
跌落天空的
心形別針，扣著
模糊的履歷

而燈塔是唯一醒著的骨牌

・一捧雪色的火焰

請讓一枚音符在藍色的五線譜上
像一根燃燒正旺的蠟燭
仰望，從不需要
過久的旋律
或過慢的行進

據說在冬天留下的腳印
能藏起一張來自童年的票根
輕輕拔下一片血崩的楓葉
掌心綻開的秘密

正悄悄踏上
不回頭的旅途

我可以再靠近那個思鄉的紅色郵筒嗎
凝視它空洞的左眼
塞進一封白色的心事
只為了寄給
旁邊另一個佇立著
森林的郵筒

不會冷的，在日記闔上
最後一夜前。一切都很魔鏡
音符有著音符的高度
而蠟燭從不在堆著柴火的心驛
尋短

你可以捧著雪水靠近我
在驟雨還有餘力
織透最後一個休止符前
我的左眼，貼著一筆
青鳥的尾巴
標價比一艘流經黎明的紙船
來得紅色羊齒草

・妳只是像雪一般的思念

並非玻璃鞋裝滿著雪
手拉手的縫隙剛滲入上邪

童話溢出的指針
匆匆刺穿愛的行李
又匆匆轉動
馬鞍開始淡泊的木馬

我不曉得季風的恐怖
吹動白夜時連夢也凍結

妳是剎那間失蹤的雪
只有溫度和颱風還不想年輕

像走過的足跡一般清澈
妳銀白的影子慢慢拉長了鐵軌
越過了春天以及
枕木邊緣的淚

我在深冬堆積著妳
像夏天貪婪落下的雪
輕輕揮毫絕色的，妳
或沒有星星的銀河。
等玻璃鞋跌出夜櫻的歌聲
再繼續加熱，我從不想回頭的
單行道

・在日記折角的污漬上旋轉

天氣近似淋溼的貓
桌燈注視著沒喝完的碳酸飲料
一架紙飛機從窗戶飛進
房間裡看不見有輪廓的影子
雨，從日光燈下起
重力場中的語言

（他是個很年輕的音樂家
以八分音符作為帥氣的鬍子）

日記是秘密唯一黑與白交會的入口
他用橘子汁寫下透明的樂譜
等許多年後再讓火焰跳舞
年輕是鋼琴鍵盤上的護墊
不連續的日子裡
顫音和踮著腳尖旋轉
芭蕾舞者的吻
讓羽毛飛不起一根斷髮

（他拿起銀色的手機
撥一通電話離年輕有三張電影票的情人）

只有安眠藥和網路線的房間中
四季過得比呼吸更快

他喝下最後一口碳酸飲料
一顆泡泡碎了像沙漠
又一年在水平線上過了
日記留白一篇篇中輟的戀情
他以貓的執著關上桌燈

（他夢見自己一個人在遊樂園裡
別著名牌騎著灰色的旋轉木馬）

窗外剛下起小提琴般的驟雨
一隻鳳蝶停在日記某頁的折角
吸吮太陽沉沒的水痕

・童年的影子

名牌從圍兜兜中掉了出來
掉在鞦韆上的影子上
那是溫暖的水泊
藏有夏末海洋的味道

你在公園的沙堆上
葬著傾往黎明的夕陽
一座城堡看起來很渺小
但一片沙漠卻沒有綠洲
長仙人掌

我們不是孩子了。
滑梯上的碎石子越磨越圓
廢輪胎表面的紋路
流滿加糖的咖啡
而水泥管看起來有點倦
玩捉迷藏時，它只提供一次
打包童年的機會

母親的叫喚聲盪過了鞦韆
晚餐的痕跡還在餐桌上
公園旁的鐘樓
則垂直燕子返鄉的路徑
腕上的錶依然年輕
它，催促每一隻手溫柔的轉動月亮

我想，貓兒會小心的走過圍牆
銜著小魚乾跳進孩子的夢裡
發亮的星星們正要渡河
回家。

把自己的眼睛
放進大鎖的深處
悄悄開門。

他們，還是我們？
讓天空看起來好黑
溜過天堂的掃把
迅速清理著
從一座橋上掉落的光

・孤獨的那年雨季

我在雨中以影子點火
散濺的低溫如小徑的迷宮
手心慢慢浮現笑容
唇色是去年的
前面，偶然道路施工

回家吧。少年們的雨季
這座城市有最單純的高度
公車上的人們
帶著寵物散步的人們

背起書包的人們
影子的長度
只有睡夢裡的一半

我們把姓名儲藏在雲層
等待暴風雨來臨
等一顆種子愉悅的發芽
逾越的魚躍的愉悅
而天空無預警地碎裂
化為基因的粉末
攪拌一杯，半荒唐的咖啡

這座城市不需要打火石
到處是溼透的火柴人
我吹奏著古老旋律

引領一群骸骨
遷徙一片下雪的沙漠
有關語言的沙丁魚
都在仙人掌的尖刺裡
穿孔，再穿孔

直到一壺紅茶能讓一條深河休眠。
而河岸，有人用成長的寂寞
燒一隻蝴蝶的翅膀

・漫步在沙灘上的年紀

赤腳步行據說蘊含著秘密主義
我曾經在沙灘上撿到一條魚的骨頭
或癟氣的游泳圈和船甲板的木頭
一隻寄居蟹從腳邊走過
它的身上沒有殼
只有透明的鹽味
看著腳趾縫隙浸泡著海水
想起影子應該要被打濕

在海鷗飛過廢棄的燈塔之後
我決定躺下用身高測量影子的長度
用一個年輕的下陷嘲笑沙灘的柔軟

沙灘像直挺挺的海灘傘般安靜
有足夠的沙子可裝進沙漏
眼前也有裝著救難信的破瓶子
而海很聒噪，向我索討
注目著它的鄉愁

一座沙灘心底總數著漲退潮後
有多少顆漂亮的石頭練習飄泊旅行
沒有年齡的海則靜靜看著雲變成煙
我是應該穿上堅韌的皮鞋了

讓一隻寄居蟹從腳邊走過
看來它剛找到久違的家
而赤腳步行那是腳底板仍柔軟的義務

・反覆黏貼

下雪了。
把你和石頭黏起來
請仔細透視我
美麗的胸口

你會熱嗎
抓著你的頭髮
把你拉到我的胸前
感受
永遠的冬天

旋律啊。會命令你
安靜地黏在石頭上
隨我高興
撕來
又撕去
一次又一次
直到你最後的心跳
替最初的暴風雨
還罪

．畢業像沒拔乾淨的草

別急著在盛夏道歉
當風撕下六月的月曆時
鳳凰花早就謝了

那時妳在等車
撐著白色小陽傘
左手的錶轉著蟬殼
裙子輕輕飄著

而公車總會誤點

妳房裡的時間還停在五月
院子的草長得很長
很超級市場
特價時人一窩蜂湧入
又湧出

但公車還是在最熱的時候到了
走下一瓶像可口可樂的婦人
精神飽滿卻不斷打嗝
像妳提包中的畢業紀念冊
如果不常拔草
每個名字會越來越淡

妳說從不回頭是種矜持
公車站牌流下的汗水
剛淋濕一隻白螞蟻
只有牠
妳應該道歉

別忙著在盛夏道別
當風撕下六月的月曆時
鳳凰花早已謝了
我臉上的雀斑卻越來越深

‧我不想在雨天使用折疊式雨傘

我不敢在雨天使用折疊式雨傘
當我把它收起來時
它可能會咬我
把我的心
弄得糊糊的
像出水的提拉米蘇

我不敢在雨天把它撐開
它身上的斑點
很像老師送給我的小圓貼

集滿了可以換禮物
但我明明要的是老師的擁抱

我寧願淋溼也不想撐傘
手卻不願放開它
即使被咬
我還是相信它拿在手上
很冰很冷
像一罐好喝的養樂多
空腹時飲用最佳

・向一根半透明的電線桿祈雪

摸摸牆上的日曆
它的體溫和牆壁一樣白
輕輕抹過一個指紋
脫皮的，不只是剛吹過臉頰的
隆冬。但我正摺著一架
能飛越地平線的紙飛機

圖畫紙上的時鐘停在六點
與長針一樣長的２Ｂ鉛筆
用黑色的線條囚禁了

國界外的天空
雲朵長出了百合
在紙飛機上，我一個人
穿著過時的白色襯衫

看著鏡子，有兩顆黑色的太陽
眨著微弱，它們急著焚燒
沒有答案的試卷，在答案真正出現前。
我剛安全降落，腳尖不停打轉著
沿路走去，沒有人的街道
充滿聲音的城市
天空下起雨來，突然的
柏油路比平常更黑

天暗了，夜燈也點起來了
大樓的窗戶敞開了月光
剛出車站的旅客，一個接著一個
經過飛蛾群聚的電線桿
那兒正在發光，到黎明之前
一面液晶螢幕不再放送任何畫面
合起雙手再悄悄打開吧
這個縫隙恰巧還可以放入一張
剛印好的頭條新聞

輯二

可融化的妳
在虛線的樹梢上持續地透明

・最後的願望

踩在雪的陰影上
你，也踩著我的羽毛。
飛翔，從來不是一個人
能夠擁抱的技巧

眼眸裡的鑽石
藏著仲夏夜的迷夢
只剩底盤的大樹
無法承接那一顆顆混濁的眼珠

彩色的泡沫在雪裡依然剔透
踩著你的記憶
闔上書本後，我
走回輓歌的反覆記號

在雪中，七年的景象如井
井中無水，羽毛始終
濕濡，在牆壁臨摹
你的名字

掬起雪的光影
你，該把手輕輕挪開了
從陸地向下墜落
一個人不久前
剛點燃天空

・離別不適合筆直

機場不適合送別
水邊也是
只喜歡往前看的人
身後沒有清晰的影子

跑道是直的
雜草也是
直的東西扎手
而南北一向彎曲

飛機注定要落在別的機場
小船勢必停在別的橋岸
筆直的，還有眼神
眼神裡的沉默，像水平線

離別不適合筆直
重逢也是
心因此塑成圓形
滾動著，夏季

・缺了半頁的詠嘆調

影子之下還有影子
雪翻面了是滿月
透明的蜘蛛羅織紅色的網
牢牢網住腹蛇近似流浪的足跡

探出這扇窗戶，妳了解
墨水嚮往著白，不該是雛鳥
掉落之後
鏡子裡外的猜拳不分年齡
相同的人卻在不同的斷崖失足

我只想看破鏡子的彼端
讓左手萌芽一株
墜落天空的
重力
加速度

思念從不需要回鋒
白色的刃緣
懸浮著
單向的紅潮
但彩虹有它偏愛的窗口

・相思不必有相

把彩虹那層外衣脫掉
輕輕裹著一顆石子
不大也不小
像鏡子裡的那張相片
鎖著的你
左手遮掩的地方

捻著一片枯葉，或許有雨
右手拋出一把長沙
駐守窗外的遠方

撕下日曆不必有溫柔的手
風的背面沾上一片遺鄉的落葉
滿月的表層塗滿流星的餘灰
故事之中只有讀與誤讀

妳不明白，剝掉胸前的鈕扣後
一根針再怎樣鋒利
也有無法串起的珠子
無法引渡的碎線

我很清楚，蛇在草地上從不說話
蘆葦仍繼續搖動著
牠的驚愕，始終岔成兩條陌路
從同一個出口流洩另一個夜

天空之上仍有天空
路旁的水漥倒映風的正面
濕冷的枕頭不再是日與夜的過渡
半溫的床，擱著兩雙
不對稱的舞鞋

抹去牆上黃色的陰影
一根菸持續在雨中燃燒，無非對
失明的貓
懷有毛茸茸的思念
傾倒一地的白灰，畫出城市
沉沒的草圖

・人魚之死

她爬上車頂祈禱放晴
忘了還拖著人魚尾巴
後面有人按喇叭
假裝沒聽見

「我是一條人魚
關心陸上事務」
沒過多久
她被輾成生魚片

太陽好刺眼
沒人看見

・妖精——致藍

追逐著冷色的螢
在樹梢與月光間
灑下仲夏的鱗粉
等一句謊言
悄悄羽化

欺騙是另一片翅膀
輕拍著暗藍的空色
風聲自她的耳語中流逝
等下一場雨

淋濕落葉蓋過的
腳印
而望著彌月
飛翔
並不適合誠實的人
一邊數星星
一邊兀自
迷路

・純白的鋼琴奏鳴曲——致藍

水池旁的鴿子
銜著一個八分音符
從妳的手指間隙
飛出一片
排著白雲的
淺藍

與妳擦身相錯的時光
劃下透明的譜線
讓一個個微笑

或一次次哭泣
找尋自己的高度
悄悄坐下
說著當時的
心跳起伏

張開手掌的妳
用靈魂爬了
九階撥開雨季的天梯
即使魔法在十二點失效
玻璃的輪廓依然
勇敢地浮著
雪白的
樂譜

不用問黑白鍵裡的秘密。
夾在話語中的賦格
鳴奏著
一雙定錨十指的眼神
令旋律在雪落下前
反覆著雪白

水池旁立著一架
只許二重奏的鋼琴
妳的左手彈著一片花園
讓魔法在消失之前
以緩慢的拍子
綻開著由高音綴落的
銀色流星

・藍線

從靜脈拉出我想要的天空
用雙手滾成一條藍線
輕輕拿起
不讓它沾上多餘的灰塵

小心地拿著它
偷偷綁上妳走過的街巷
當我還記得
這個夜晚的名字

當我還記得
被妳遺忘的這個晚上
調色盤有一個空位
無人認領

・生氣——致藍

氣球在飛走後
請以藍天的誠懇
撫摸它拖著小河的尾巴
輕輕地
假裝自己正在溺水
兩顆氣球在妳臉頰
鼓鳴著初夏的
沁涼
倘若有通往夜空的雲階

請別踏錯關鍵的音高
我提醒著
差點失足的鞋尖

通常是圓潤的滿月吧
在消氣前
汽球是輕飄飄的
像粉紅色的棉花糖
要融化
也要等貓兒願意
搬一顆顆彗星回家

・可以輕輕撕下的

電線桿在雨後
比你爬上床要濕多了
不可以剪掉新衣的掛牌
那輕輕撕下好嗎

門把懸著熟悉的鑰匙
浴室裡蓮蓬頭沒關
你輕輕撕下
我看著你的理智

門鈴響了
烏雲的截角
被貼在彩虹的
最外層
銘謝惠顧

・我所說的她

(一)海邊

銀色沙灘上佈滿玻璃
望著與海半擁的夕陽
她裸足走向浪潮
讓一枚空貝殼
收集腳底板緩緩流出的
比沙更細緻的旋律

(二) 森林

沒有太陽也是沒有語言
肌膚彷彿清晨初醒的露珠
一片銳葉就能雕下紅紋
她閉起雙眼
讓漫長的飄髮滲入熊的吶喊
兔子一身朦朧
或許是夜梟假寐後的故事

(三) 都市

站在馬路中央
像根潔白的髮簪
柔弱地釘住無盡的喧囂
用食指抵著冰唇

車流和人潮是她眼睫上的灰
更遠的大樓和巨塔
正在拼湊迷宮的機關

(四)我

只是塑像
擺在天秤看不見的左側
早已逾期的吻
招來不少蜜蜂和鳳蝶
在天秤右側留下尖刺和花香。
只是心臟仍會跳動的塑像
在她守寡的言語裡
我會在誓言彼端
捧著花朵薰漬的骸骨
等待另一具骸骨

・粉紅的迷霧

（一）

懸崖邊長滿雜草
一雙紅鞋枕著陽光
靜靜俯瞰一架紙飛機
滑落峭壁
不做任何掙扎
草是綠的雜亂
隨風傾倒的芬芳

始終圍繞著一列列腳印
醞釀看不見前方的霧

霧的思念只是進入
妳的影子則在反方向
被一個山洞囊括

〔二〕

一面牆以海的怒號倒下
磚與磚之間的曲折
溢滿紅色的囈語

這座城市以骨牌的優雅躺臥
疊起的每一份寂寥

讓空懸的月
跌落一盞盞螢火

我在霧裡徘徊著另一個我
死巷則蜷縮著一隻老貓
牠剩餘的一口氣
隨著沙丁魚在遙遠的海上遊盪

（三）

妳在水平線上摟著夕陽入海
躍出波濤的飛魚
替沙灘搭築了半截虹橋

迷宮的牆是粉紅色的
讓一團金線順著記憶的轉折

拖曳淡薄的影子
而出口的光
傾斜著無紋的海平

（四）

妳摟著灰色的海
聽一顆貝殼摸索著白沙
螺旋浪潮的模樣

我遙遠的話語是告示牌
指向漩渦的最深處
海豚無垢的唇
正滾動無雲擁抱的夕陽

紙飛機從不適合流浪
午夜倚著偏遠的風
默默釀造月華
而飛翔不須有斑點的承諾

妳的膚色類似彩虹
雨後便成了傳說

（五）

而最後手上沾染的鐵鏽
只在停滯的錶面發光

分針畫出一個半圓
煙火則在長針的末梢吟詠著雪

妳踩著一塊落石翩翩蝶舞
記憶卻總向下延伸一道縱谷

滴答滴答
唯美的鼾聲鼓譟著門簾
妳有著愛琴海的深淺
在希臘的色盤上
稀釋著紅

・畫圓

在這城市踮著腳尖徘徊
妳沒有空隙，眼神游移
目送一個個擺滿幸福的櫥窗熄燈
等待末班車慢慢進站
在月台留下一張新的票根

在遠方，我獨自書寫著夜
規劃一座都市的藍圖
進行為妳設計的都更計畫

粗略推測：妳的圓周
可能囚禁一個臨時拼湊的星系

鈴聲鑽入門縫
偷渡了一些思鄉的掌紋
睡著的門蓋著疲憊的我
妳的心上飄著一片白雲
只要胸口起伏，心跳將永遠
把我定契於圓周上
某顆明亮的星
而妳追憶流星的眼神
是我呼吸的
唯一半徑

・在翻頁時請小心指紋

不需要在老鼠洞前放乳酪
會看情況的貓兒
通常被黑夜溶化了
你說凌晨最適合寫論文
右手卻黏黏的
像不成熟的蛞蝓
在找不到目錄的參考書上
一頁又一頁
爬行著檯燈滴下的光

不怎麼鹹
足以溺死你的指紋

被愛你的人所抄寫
你不否認這樣的研究
有些偷工減料
臉頰紅紅的
可以卸下單薄的書腰嗎？
會看情況的貓兒
早就睡了
讓脖子的鈴鐺
兀自搖著
第二本書的目錄

・如果必須在清晨嗜血

輕輕拍手
一隻蚊子在掌心
墜落了前夜
路線詭異的短暫飛行

（打開窗簾
有點冷的陽光
替煎好的荷包蛋
打上一層薄薄的霧）

昨天剛去醫院打針
護士粗糙的技術
讓我不敢露出
比嫉妒更深邃的
細孔

故意關掉滅蚊器
妳脫下圍裙朝我走來
拿刀子對準針孔
用盡說謊的力量撐大
看著它噴泉
有點躁悶的青春

（如果必須在清晨被吸血
我沒有合適的十字架
只有廉價的嘴唇）

把獠牙和吻一同注入
我倉促的一生
妳開始收拾餐桌
悠哉地喝下
沒加糖的豆漿
蚊子還是在吊扇旁飛來飛去
所有能打開的都還沒打開

・一半

桌面的長尺有一半壓在筆記上
另一半對著窗外的蛙鳴聲
仔細思量
下雨切割出幾種顏色

留個小縫隙讓火車經過瞳孔
在我關上窗戶之後
停電使吹到一半的冷氣
開始掏空房間

我被濕透的內衣反鎖在外
鑰匙的另一半在妳
高傲的鉛筆袋裡
拉鍊據說是亞麻色的
銷售量第一

長針把生日蛋糕切了一半
我今天並不怎麼餓
做了一半的功課
艾莉絲請幫忙剩下一半

・火車上的她

（一）第二節車廂

她坐在靠窗的座位上
翻開日記某一頁
一片楓葉飄了出來
葉脈模糊的地方
兩枚不同的指紋相擁著

（二）過山洞前的某個女性車廂

將行李擺上架子
一顆星形石頭掉進座位下
她彎著腰伸手去撿
粗糙而冰涼的感覺
比地板仍溫暖一點點

（三）下班後擠滿上班族的車廂

左右兩側都有人
她沒辦法張開雙手
想起海灘上濕濡的沙子
那時誰在右邊
擲出一架灰色的紙飛機

（四）橫跨換日線的車廂

座位旁的走道很窄
她起身和一個男人交錯而過
眼神對焦的瞬間
手上的錶停了
秒針在5和6之間徘徊

（五）沒有其他人的車廂

最後一節車廂沒有人
她將頭探出窗戶
讓陽光經過頭髮和耳朵的隙縫
在一顆石子鑽下熱的記憶
而她關起臉上生鏽的窗

沙沙沙沙
有隻貓頭鷹飛過
看起來很悲傷

・寫信

名字如走馬燈跑過一片曠野
無人的雪地使一塊塊路標
失了方向外還沒了舉例
我逐漸相信薄的定義
來於皺摺的空白

慢慢地扭曲墨水的骨氣
聽它翻過一道道紅色的牆
也許落下的頃刻
明天的太陽儼然中空

當一片雪原可以用手捧起時
我的掌心是單薄的
鑲上一滴冷淚後
像明天般濕漉

雪人突然融化了
從名字的眼睛開始
矩形的驛站裡只有瀑布
隔著櫻色的山谷
向下流洩手動的記憶

・再見

深夜的月台畢竟不停靠月亮

聽不見火車離站的聲音
我還是不習慣
背包空蕩蕩的旅行
讓老舊的車票在掌心
回憶發酵的鄉愁
而鄉愁來自於
沒有可以回的故鄉

陽台上終究躺著青春燃燒不完全的太陽

我故意不關緊窗戶
讓冷風翻閱
日記裡慢慢消失的
故事
不管是什麼顏色
都該踏上
透明的旅行

自掌心駛離的列車
抛下了盛開向日葵的陽台
有一封信
對著天空喃喃自語
然後下起螢火

或私釀的
島嶼

・睡眠——致藍

妳把自己展成南十字星
左手握著仲夏的風
聆聽螢火在右手食指
翻著還沒乾的日曆
寫下一次次眨眼的筆跡

抬頭看黑色的天花板
願望通常藉由緊密的蛛網
訴說模糊的試題
當棉被浮貼著細長的雙腿前

檯燈的光灑在心底
順著流星折起
妳往晨曦劃去的呼吸

在明天醒來之前
妳枕著水藍色的夜
清醒之後
月亮乘著繡上十字的帆
航入預約好的港灣
燈塔上的暖爐
仍旺盛燒著
海岸
或崎嶇

輯三

這世界需要更多誘發叛變的催化劑

・右岸

我沒有絲毫到對面的意思
這裡的泥土鬆軟且芳香
埋下一個故事就能長出另一個
不怎麼有毒但樸實的蘑菇

沒有故事的人通常牙齒都不太好
只能咀嚼富有彈性的食物
譬如一條看起來像燈塔的蒟蒻
在胃裡畢竟能持續發光

我是個情節老舊的故事
習慣靠左或一個沒有畫板的畫架
腳上有蹼卻厭惡游泳
喜歡用青草剔牙而禿頭很久了
他們說：我應該被黏在這裡

紅綠燈最左的那個是紅而最右的是綠
這邊的咖啡加了點過期的青春
那裡，祖父數著冥鈔的右岸
他摘下潔白的假牙傳ＭＳＮ訊息給我
「好自為之」
對面沒有絲毫讓我過去的意思
現在是夏天，冷氣機的插頭插著
一顆果凍剛滑落的長長的食道
這個方向不會產生錯誤
只有疼痛

・連接

聽一條斑馬線唱歌的樣子
比看一千顆流星抹過摩天大樓
要誠實許多
膽小許多

我想凌晨三點
並不是到便利商店
搶劫，或詢問
值班歐巴桑「小姐芳名」的好時機

該睡的都要被擺在
冷宮裡

不適合上街的這個時候
短針從3萎縮到4
拿著菜刀找磨刀石的那個青梅
卻不竹馬的你
為什麼朝著我看呢？

朝著我看的你，請抓好手上
將成為凶器的東西
站在斑馬線上的黑鍵
我想回到便利商店
跟那位歐巴桑
道歉，然後

勉為其難地，搶劫
她的老年

「請記得帶明天的頭條新聞」
你微笑像最後一顆流星
磨蹭彎成月牙的第一個白鍵
於是我被強奪
當刀柄總算擺脫刀刃
吻著比命運還短的脖子

‧癌末病人間的對話

我想看見的是你骨頭裡的本性
為了冬天而存在的急診室
不需要掛號單
只需要一根裝滿愛液的
過期針筒

你說我有病，在你否認你有病之後
我還是一個蒙古醫生
聽筒壓在你的胸口

拿著手術刀切著藍色電線
而所有靜謐的脈
在骨頭裡
成為軟趴趴的菌絲

你想看見的是我冰凍後的旋律

不可能吧。我還是堅信你有病
在你成為一個外蒙古護士前
一顆又一顆利他能
塞滿皮包和口袋
身分證上的照片，只剩下
一粒膠囊大的眼睛

春天還沒有來呢。
躺在病床上的你
伸出插著點滴的手
捏著窗外的我
這聲新年快樂有一點點
癌症末期的
痛

・母親像月亮一樣

把蟑螂的筋抽出
貼在媽媽年輕的陰道上
讓她再次受孕

生出這樣的我
我感謝媽媽的肚子
嘲笑趴在她屁股上的牛仔
騎馬的技巧
略遜蟑螂一籌

天花板翻動了蟑螂
牠的屍體像月曆上的十五
偶有長頸鹿射精的
褐色斑點

・莫衷一是的黃昏

黃昏過後雷響得特別大聲。
大樓的窗戶連成一線
機關槍的視覺殺人無血
滾著彈珠的水塘，暈著紫斑

不要苛責夕陽炒作城市的特權
烏鴉銜著自己的羽毛
放在路旁鼓起的水溝蓋
底下火源慢慢燃昇
紅燈傾斜的高度

斑馬線拱起琴鍵的夢
行人以麻雀的舞姿
在黑白的旋律裡魚躍
遠方一輛拋錨的賓士
在無障礙空間拋落菸蒂
那唾液藏有風聲
金屬味的煙霧早已老化

（噓，有一位老婦在賣蕃薯，她
正推著自己的童年走過暗巷）

幼稚園等著綠燈亮起。
孩子脖子上圍著浪漫化的餐巾
褐紅色的污漬是夕陽的脂肪

而女低音，票房不夠
護士小姐遺失了注射血清
這條馬路已罹患躁急症
彎曲著省道，灑滿花瓣
插著一柱柱高香，飄著幾句譫語：
「大樓的乳溝，有些秋意。」

炒一鍋爛透的粥，老鼠戴起白帽子
鼓著貓的肥肚
讓鬍鬚上掛著小鈴鐺
響著響著又一座海洋戳破了黑浪
魚兒能飛得像流星，但
薄的鏡片看不透攸關ㄅㄆㄇㄈ的雲拼

・寵物不宜放生

那個印象中的晚上
我等了十年的朋友
終於帶著自己的遺書
跪門拜訪

他的笑容從未改變
我也一樣
我們做為聽話的寵物
外貌要規格英俊化，在年老前
大量送上生產線

他問起我的主人
我指著背後的臥房
那裡，正是脫衣戰場
寵物，像我這樣
必須容忍食物鏈的突變

他問起我背後
那個五個月大，還在哭
一直哭的舶來品
喔。在偉大的減數分裂下
那只是一個頻頻維修
消耗資源的零件

他問起我左手的掃把
右手的鍋瓢

還有下半身的，赤化
我說鸚鵡式的寵物早已退潮
現在的愛情社會
講究先端，高科技勃起
我們要做到
全寵皆兵，全男皆妻

他還有很多問題
我還有很多解答
主人還在激戰
雨還下著資本主義
我們的國度在液晶螢幕裡

我看著天花板發呆。猜想
自己被餵食的時間：明天八點。

郵差會把報紙丟進鐵窗裡
天晚了我得送客
然後我要去廚房弄盆洗腳水
（他慢慢自我們的國度中被刪除，洗去登錄）

我應不應該向主人報告
脖子上的項圈好像鬆了
而且有點生鏽，名字
看不見了

我很害怕
主人會不會鞭打我
罰我看一星期的
購物頻道

想到這我就吐了一地
原來，這就是
懷孕的真理

・活著像一本三流的推理小說

活著，就必須撕日曆。
和吹熄生日蛋糕的蠟燭
或撥打情人電話的號碼
不得不做

只要是人，就必須安裝影子
在有光的時候
在角落的時候
在被關進木箱的時候

人和活著，就像保險套和處女膜的關係
為了安全把自己喬裝成木乃伊
卻為了一個驚奇而幻想成為流星

所以媽媽常叮嚀我
「晚上記得刷牙」
而我始終聽不進去
在深夜的車庫裡替一本小說包起尿布。
嗯。失禁的
終究是這個世紀

・城市夜想曲

（略顯激情的快板
剛潑倒一罐濃稠的紅油漆
讓一根電線桿蒙受污辱）

總是勃起的大廈
儘管敞開透明的窗戶
始終無法讓上弦月受孕
生下一顆顆閃爍著靜謐的星星

（悄悄地躍上圍牆的貓
以慈悲的銳爪慢慢剖開
老鼠毛茸茸的腹部
掉出一個個被遺忘的鈴鐺）

還沒打烊的咖啡店裡
散落著佩戴厚框眼鏡的人
他們緊握一杯濃郁的卡布奇諾
而潔白的咖啡杯緣
揹著缺乏火候的唇印
只因曾被放逐

（有人輕輕按下門鈴
有人偷偷走出後門
而他們互不相識）

期待被轉開的鎖
沒想過被一把陌生的鑰匙背叛
玄關裡多了一雙有禮的皮鞋
它身邊躺著熟悉的馬靴
而沾滿泥污的藍白拖
獨自，飛出了窗戶

（稍微朦朧的快板
只能將爬滿穢語的長牆
射上一抹銅色的月光）

・寫詩

老太太在馬路被車撞了

有人過去扶她
有人打電話叫救護車
有人裝作沒看見
有人指指點點

肇事者大吼
跟你們有什麼關係？

接著催滿油門
將圍觀者一個個撞飛

其中一個飛到警察局門前
但離上班時間還早
公園裡的長椅
油漆未乾

・我需要一本教師指引

今天下了一場大雨
我體諒你們在八點鐘後進教室
背後跟著的家長
好像你們拖著的大書包

晨光時間只有半小時
塞牙縫似乎不夠
有個小胖子隨手塗鴉：
「三英戰呂布」

呂布手中的方天戟
刺不穿地板四落的紙屑

那一個可愛的小女生
請面對我笑一個
你的文章主格與受格混淆
中文摻雜瘸腳的英文
甭提裡面ＡＢＣＤ的複雜關係
我，被紙條砸到了。

上音樂課很快樂沒錯
不代表可以重新組裝一把直笛
簡單又可悲的生態
當它成為凶器的餘孽後
下樓梯時，我將聽到

隔間的木板，掉落
被白蟻蛀食的鬧劇

午飯，並不像魯賓遜那般無聊
品質優越的影音播放器
讓視線集中在賽璐璐風格的
社會生態裡，又過了十分鐘
我到菜桶偷偷撿起第六塊炸雞
你們的嘴巴，還是在笑

也許辭海或是一本國語字典
不論薄厚，比不上黑色硬體
紀錄著各種遊戲
擁有不同的發音程序和錄音功能
上課，請收在自己書包裡

老師沒收通常有很多原因
而暗中覬覦絕對不是其中之一

懷疑起你們的大腦
是否精準像時鐘
懂得幾秒之後
以無辜的速率奔跑而出
就算下雨
那都不再重要
作業，少一點比較好

你們都回家了。
教室空盪盪的
沒有人，沒有呼吸。
我開始巡視每一張桌子

翻閱你們的秘密
一邊竊笑你們天真的思想
一邊安慰自己：
「這只是一種關心。」

我絕對沒有料到
還有一個迷糊的孩子
背著別人的書包
回來拿一把紫色的小傘
那個小孩不太會應酬
看了我一眼就走了

就這樣走了
他拿走了我的紫色大傘
而我要在他家保全啟動前
把他的小傘護送回家

・隔水加熱

他是個健忘的人
電視機沒關
窗戶沒打開
檯燈壞了不修
冰箱裡擺滿過期的甜點
充電器充飽不拿走
沒有按時服用百憂解
昨晚忘了接姊姊的孩子但實際上是
自己的

姊姊常對他說：
「下次在睡覺前
我會用嘴巴多餵你一顆聰明豆。」
被健忘套牢的他
還沒摘起腦海的彼岸花
就匆匆謝了

廚房裡隔水加熱的巧克力
據說是牛奶咖啡口味
姊夫非常愛吃
在中風之前

・濕透

從我出門時衣服就晾在那
像一個失業的壯年男子
一早坐在沙發上觀看與自己無緣的職棒
翻閱報紙對社論搖頭
翹腳過久有點麻想換個姿勢卻
差點踢翻了茶杯
幸虧只有半滿

那件衣服是父親留給我的
據說他第一次面試時

主考官也穿同一款
然後我平安
出生了
而父親不愛喝茶

偶爾老婆會把那件衣服拿來當抹布
擦廚房桌子、客廳椅子或置物櫃
每逢下雨
父親也許沒衣服可穿
在靈骨塔裡
似乎還能聽見母親炒菜的聲音

我急著催孩子起床
清茶照慣例的
多留了一半

・在說回家之前

橋還沒造好前
請小心投擲骰子
天空是個巨大的碗
往上拋的眼神
沒多久就掉下了流星

（等太陽回家
不如再剝下一層
月亮的表皮）

你說左岸必須有螺絲
橋的右側卻停了一架飛機
當人們背著點數飛行時
雨淋濕所有的步伐
或一種單調
指向門鈴

思念也能把碗裝滿
在橋造好之前
請安心下注
除了放晴
天空還能用彩虹
弓起即將離別的旅行

我想鑰匙一直都插著
只是不容易轉動
或拔起
在你說回家之前
天空是個沉默的碗
覆蓋著黎明
再黎明

輯四

雪白或許是日常生活

‧曙光的柵欄

從遙遠的山巒姍姍而落
曙光插下一排柵欄
等風箏的尾巴
牽著另一片天空
半透明地穿梭

可能是未綻放的白花
迷路已久的霧，搆不著
一座枯井固執的底
許願石安靜地躺在小路中央

它從不絆倒自由的風
在露水掉落葉面時
以回音詢問井無色的深度

替一座廢屋打開一扇空窗
光的柵欄佇立在它裸露的胸
霧是遙遠的細膩
等一艘滿載黎明的船
拋下銀色的雲朵

破曉是第一張歌頌刺眼的骨牌
你的手輕輕一推
往水平線傾斜的井
只能倒出甜美的故鄉
自柵欄綁繫藍緞帶的頂梢

悄悄擰落一滴
明天

・第四次冰河期

大家都開始習慣寫日記
把它們埋在門鈴下
聽陌生人來來往往的腳步

會慢慢開出有四片花瓣的白花
在所有人能夠相信海洋結成冰之前
多的那瓣請讓我種在
一片雪白的掌心

「透明的蛇只能纏繞看不見的銀色蘋果」
長出來的葉子，在我心底
堆砌這樣寒冷的花語

・大叔

滿臉鬍渣只是個裝飾
和沙漏必須倒過來一樣正常

走在街上沒有閒暇和妙齡女子搭訕
偶爾會讓路給拄著拐杖的老婆婆
看著幼稚園女童上學而感到滿足
完全不在乎紅燈或是綠燈亮起
口袋插滿了無用的股市資訊
頭髮應該是第三天沒洗了

皮夾裡有一張剪去了頭的合照
始終搞不清楚站在身邊的到底是誰

有人說三十是買房子車子的年紀
但望著天空的雲做夢或許也不賴
窩在家裡洗老媽的胸罩內褲並不難
對著滿月勃起那也很平常
床底下擺滿過氣女星的寫真集
有時會無聊拿起塔羅牌算算自己的運勢
打開衣櫃卻發現多了一套水手服
晚上睡覺不敢點蠟燭
抱著充氣娃娃流滿口水或許又是個一天

沙漏通常是裝滿沙的
而鬍渣可以刮
也可以不刮

‧我不相信今晚仍能看見星星

天花板漏雨了
四處被滴滴答答的絮語占領
找幾個無底的水桶承接
不夠的地方拿妳的照片
或長長的信件
替補

旋開電視收聽颱風的消息
啊。好久以前
在相同的地毯上

我的眼神竟隨著妳
短期公轉。
而今我必須拿起鐵鎚
到外頭撿幾根釘，找幾塊紙板
密封所有縫隙

我的內心也有一枚颱風
叫囂著失語的愛情
妳的眼睛是連夜偷渡的流星
點燃我曾經無機的天空
啊。那是天花板
每一塊仍彼此吻合的往事

・妳總是這樣走過

妳輕輕呼了一口氣
臉上的肌膚便有了裂痕
而一座城市逐漸冰封
從嘴唇蒼白開始

妳總是這樣走過
以占卜的冷寞
預測流落現實的
慢慢黑白的眼神

除了白色只剩懸崖與夢
輕輕吸了一口氣的我
崇尚鏡面的細緻，而語言
不管有幾個音節
像一條毛毯背負著許多腳印

妳總是這樣走過
無論傾斜的黃昏或水平面上的晨曦
而臉頰橫亙著一列春天
妳似乎只信仰著溫室花朵
在逐漸融化的城市中

除了白色只剩半圓的沉默
我是懸崖
在鏡面上倒吊著夢

語言咳了一口雪
像停滯的風

妳總是那樣
走過。
上弦的月片四處碎散
而一抹彩霞將不婉轉地中輟

・比例尺

夢裡的你和鏡中的你
常隔著一座海
相互模仿

有一朵佚失天空的雲等著
沼澤的紅花盛開
毒蛇的尾巴斷了之後
鏡子的碎片
剛補滿山洞裡的光

相互嫉妒
鏡外的你和現實的你
共同踩著一條影子
低頭撿起第三者的身份證

・早晨

在冷的早餐之前
他習慣沖泡一杯沒有溫差的記憶
等烏雲來時
慢慢喝下

而準時的彩虹，必須是
擅長做夢的人攀爬的
浮空的據點

嗯，染上灰塵的公事包
裡面裝著一疊筆跡潦草的文件
「和窗外的交通一樣」
他的墨水筆笑了
咖啡旁凝著一灘藍色的海
而從未有人溺水

・距離

只有一點點遠
我相信
在海浪通過花香之前
天，會是藍的
像一雙手放在憂鬱之上

一首歌只剩下前奏
歌詞是昨夜的祈禱
回頭面對自己的影子
比記憶近一些的年齡

終於承認數字的恐怖
那些歸來的場所
沒有音樂
哭聲，是專利的

或許向水平線遞出釣鉤
可以釣起一片蔚藍
讓火紅的圓
露出微笑的半邊臉孔
你不用太相信
光芒，具有語言的可塑性

只有一點點遠
即使在心中
那扇孤獨的旋轉門

永遠被許多幻影經過
海岸的巨石
並不排斥，些微
勉強溫柔的鹽分

我並不怎麼相信
那和兩頰上的兩條淺溪
擁有相同的戀愛週期
在門縫
或是在海溝中
你，早已知道
距離，並不旋轉
只是垂直向下
鑿空休止符的夢

・攝影

用相機把妳照起
隨時都可以拿來梳洗
不斷翻新的過去
攜帶簡易，但增值效率
如冰鎮的優酪
又酸又甜，反應過度的難免
肚子疼痛

用回憶把妳留底
只有在做夢時

巨大的甜甜圈會挖出
一顆眼睛，塞進
妳我之間不存在的空隙
瞪著移動的風景
把妳硬生生抓起來
再囂張地
陷進去

・現代人禮節需知

（一）對不起

不用裝上擴聲器
喇叭是多餘的
感官
再大聲一點
潮汐不會因此讓沙灘
變成不是沙灘
小聲一點
子宮不會因此

拒絕所有能進出的
徬徨。
最好不要說
讓伸出去的一根針
靜靜穿過沙粒和沙粒
就好了

新的一天就穿好了

（二）請

打開塑膠袋
把昨晚的廢氣灌進去
它脹得像顆腦袋
我曾經頂在脖子上的
腦袋

有點半透明又有點軟弱
一戳就破

把塑膠袋用橡皮筋綁緊
它沒辦法說話
沒辦法改變脖子上的
喉結大小
我拿起別針輕輕刺了它
幾下
然後我沉默
留一個小洞當出入口
眼神可以交換眼神
錯誤卻只能交錯
而過

用力拍破綁緊的塑膠袋
碰的一聲
書櫃上的魚缸倒了下來
碎玻璃在地板寫著
請勿踐踏
我的脖子頂著空氣
一條金魚游入
猝死的紅色剖面
請勿餵食
任何一條正噴泉的血管
早安，沒關上的那扇窗戶
爬著我養的壁虎
尾巴剛斷了
一半

（三）謝謝

驢子的耳朵
有一顆水滴滾了進去
沒有回音

我把雙手合起
打開一個洞
讓風吹過
早晨的
耳朵
沒有回音

我告訴一根草
它如何的藍

它只是搖了幾下
沒有風聲

・吻別

皮箱裝滿了衣服。

遙控器的塑膠膜被整個扯開
沙發上的座墊不見了
抽屜裡擺滿斷水的原子筆
有一些時間從相簿悄悄遠離
廚房中的筷子有一半在烘碗機懷抱
另外一半在垃圾桶
挖掘蟑螂爬過的自由

夏天的衣服塞滿了皮箱
不吸汗的
全留在衣櫃底層
和樟腦丸一起
被靜靜鎖上

・名牌人

他走在路上覺得不自在
大家都看著他
看他走路
看他大笑
有的跟著他走進廁所
有的學起他的呼吸
他覺得很不自在
一伸出手就收到很多名片
一閉上眼睛就天亮了
左手摸到的是照相機

然後窗戶邊一直有人
正大光明看他
連衣服也不能穿
浴室也不用上鎖
他覺得被看很不自在
於是他去應徵記者
或刷廣告牆
終於電話聲比冷氣壞掉的聲音
更兔兔蛇蛇了

‧母親

「出門時要帶上鑰匙」
「記得吃早餐」
「多穿一件衣服」
「油記得加滿」
「別忘了繳電話費」
「電鍋記得插」
「爸爸在車站別忘了去接他」
「別太晚睡」
「幫我看看這個怎麼操作」
……母親想不到還能說什麼了

病房和準備好的蛋糕奶油一樣白亮亮
我牽著母親的手切蛋糕
「吃完東西要記得刷牙」
我知道的
走往浴室把母親的牙刷洗乾淨
手機響了是女朋友的號碼
我把它關上
走回母親等很久的那張
很像我小時候躺的床

輯五

為了飄落連天空也可以捨棄

・刺從不說自己是刺

他靜默不語
往雪國找尋白色的鞘
當足跡開始模糊
指梢噴出時刻之泉
沾染的花兒沒有一朵能夠
顏熱

或許這條換日線是贗品
他筆直前進
往南國找尋紅色的鍔

夕陽像浮貼的眼球
釘著橡膠樹濕透的影子
夜晚前沒有一株仙人掌能夠
入眠

寫一封信比扯謊更為罪惡
他只是拿著筆
往心的深處找尋透明的淚珠
回憶彷彿打翻的酒罈慢慢發酵
空谷傳來回音……

他學習不了有節奏的吐息
往廢鐵廠找尋墓地
一個白色的娃娃躺在輪胎中央
散逸著玫瑰腐敗的色彩

畢竟是夢境裡的情人
剖開胸膛將心臟裁成四葉草
他滿足地大字倒下
有點翡翠也有些紺碧

靜默不語
刺在正確的地方
一蕊雪花也能
在荒蕪之境綻放懺悔
或無法深海的海

・祖國

用電風扇烤蛋糕的人
他的插座一定還在
生鏽，或許在
颱風眼裡
冰淇淋有墓地的甜味
手指上的唾液
有點陰涼

請別打電話給一張對獎後的發票
查無此頁

光纖有光的正義
模型膠的愛
發酵著
一個麥克風裡的國家

國旗飄飄
用電風扇烤蛋糕的人
駕照是生理期的紅

・不等價交換

下雨時
把手慢慢伸出
借給它赤道的長度

倘若下雪
就遞出左無名指吧
偷偷送它一根
能切裂三千億光年的
羽毛

寒冷，不過是溫柔蛻下的殼
輕輕一踩，自動碎成
即將昇天的流星

．淋雨

下雨了。
圖畫紙通常不需要
會濕透的大小
而我需要一把不想撐開的傘
和它藍色的細長骨頭

就這樣不撐傘走進雨中
房屋越來越矮
電線桿越來越矮
圍牆越來越矮

記憶也
越來越矮
而平交道放下柵欄的聲音
越來越近

被雨肢解成碎片
比淋雨還容易，敲響
一個沒有繩索拉起的三角鐵
請幫我撿起完整的雙眼
替換那還沒亮起的
街燈燈泡
趁午夜還沒
打開家門之前

雨還在下。
傘總是勉強自己
撐開來自天空的純白
我還在雨中走著
用雙腳考察
腳印是否擁有
滲出眼淚的基因

・這片天空中，有你的風聲

可能每一隻候鳥渡海前
早已擁有交換泥土的本能
記得，我曾是一隻沒有翅膀的候鳥
拔起別人硬插上的羽翼
以纖細如枯枝的腳撐起天空
尾隨一朵白雲、一鳶風箏
牽著小小的影子，獨自行走
在白色的懷抱裡找到自由
是風箏那脫線的美人

該悄悄飄搖的夢
她，不經意撩撥著藍天
替一畦畦的稻田
種下遙遠的金色之吻

那朵白雲剛泳入我的左脇
便已沉默。
彷彿釘在昨日上的標本
被一根根尖銳的雨針刺穿
透露出：它的寂寞
緣由一對眼神的凝結

我只能緩緩搬移著山丘、小河、都市、鄉村……
甚至是看不見星星的黑夜
有時用力拍打胸骨

嗽出一瓣瓣微羞的粉櫻
讓泥土灑到臉上，為兩地置放
重逢

我在天空下自由地挪動美景
曾是一隻用腳旅行的候鳥
偶爾風會飄落一根羽毛
提醒我：還有許多陌生需要遷徙

原來候鳥，勢必以陸地的沉重
目送著天空離散

・灰色眼瞳的少女

她靜悄悄經過一片正在燃燒的湖泊
瘦長的身影鑲綴了幾枚星星
與流螢共舞的火苗像紅色的雪
冰冷冷的，堆積在她瀑布般的藍色長髮
等放晴的時刻，融解為血

只對著雨天的背影回眸
她，深邃的眼瞳寄寓著漫長
沉重的腳步留下一篇篇破碎的童話
當雨停的時候

白皙的秀指闔上了雙眼，她
並不在乎淋濕，或一個人

眼睫染有薔薇生前的香氣
站在鏡子前能看見荒涼的希臘
她，懷裡捧著長黴的麵包
臉色是墜落海面的海鷗
瀏海浮著一片褪色的葉

灰色的眼瞳裡矗立灰色的山
灰色的眼瞳中飄動灰色的河
才剛讀懂通往城市的地圖
卻在黝黑的密林裡迷路，她
正感覺著一片湖泊

她在秒針斷了的那個夜晚消失
不曾與任何數字有過邂逅
只留下兩顆灰色石頭
而背景是一頁黑白
窗外的驟雨剛打溼了騎樓的水泥牆

・仙人掌的信仰

雲是浮冰
只有藍懂得泅泳的訣竅
在零度以下的天空
鳥兒離去的軌跡
龜裂著每一道光的呼吸

我是一株畏暑的仙人掌
心中埋著另一段冰河期
沒有腳印能挨著彼此行走

敞開的洞緩緩　流出真理
不是熱　也不是溫度

暴風雪經過了沙漠
留下一顆顆白夜琢磨的冰晶
而雲是深黃的流沙
水的記憶不斷被吞食

我是沒有信仰的仙人掌
渾身尖刺
在零度以下的天空底
替自己的影子鑿孔
在景物搖晃的沙漠中
素描著水的距離

而光的吶喊
似曾回音
一首熾熱　或一曲
顫抖的嚴霜

・游泳的姿態

將一顆方糖扔進咖啡
它下沉的模樣像妳裸身躺在床上
默默看著窗外的街燈熄滅

妳像條魚側身游動
以一顆方糖溶解的姿勢
讓咖啡看起來更苦

而我對漂浮感到過敏
想舉手撕下日曆卻彷彿划過了

一個不年輕的海域
或一個捨棄背鰭的妳

是該戒掉咖啡了，我想。
健康守則說著：「下水前
請保持回憶透明」
在妳的眼眸裡溺水
和流理台中的冷咖啡同義

把手枕在腦後
將妳推落沒有棉被的床
四周有海的鹽味
不會游泳的人都是這樣狡辯的

不會游泳的人都會這樣狡辯
而一顆白雪的方糖只懂得旱鴨子般地
緩慢下沉

・死守

死守著廢墟的男人
他的胸懷裡藏有一顆半白的月亮
悄悄在背風處發光
等一兩隻貓頭鷹上鉤
切裂嘴喙上的腐肉
或一條條裸露的夢

他不適合把名字埋在洞裡
會潮溼的還有手邊點燃的火炬
廢墟中心升著國旗

那個國家也沒有名字
只有往來不停的風

男人死守著一條曬乾的影子
下面埋著一個老舊的面具
他的五官黏在上頭
有幾隻小蛆環繞
整體看起來相當抽象
和午後的月亮有著相同的氣味

他死守著一片廢墟
廢墟死守著他捨棄的陌生
給予一個不長幽默的住所
貓頭鷹漫佈整個天空
黑夜是唯一的信仰

在一盞螢火熄滅之前
無法脫困的他
死守著被強制塗白的
一切
黑的所有

・新年

當你瞭望西方時
烏鴉剛鑽過幾片落葉
往西南方飛去
那兒有水有海潮聲

當你走向西方後
從海底湧出的岩漿
淹沒了一片沙灘
和一座微微傾斜的少女雕像

（口中喃喃自語
像啄木鳥替一棵神木挑剔
總是扭動的沉默）
你的雙眼是拒絕照明的燈塔
沒有一艘沉船和白浪
願意飄過

你佇立在雨雲的正下方
只是假裝淋雨
冷冽的風從北方而來
沒有名字的寒冷
和一頂水藍色的洋帽
是它驕傲的收藏品

從烏鴉飛走那時
盤坐在大理石上的人
只能是我，和過去的我
石頭側邊刻滿三百條換日線
我的思念
卻剩下六十五夜的空間

哪塊地圖有你孤獨的時間？
南方的泥地曾摟過潮汐的吻
這個地方沒有太陽
只能有你的腳印
和那個少女未抹上的
新的微笑

・那時我們擁有的

電話響了
接起來沒人回應
看著來電顯示
我覺得回床上睡覺比較實際
被窩裡還有一台電話
不被容許擁有尾巴
雙人床可以讓人翻滾個四五圈
往對面望去
有一對情侶正在做愛
其中一個穿著我送的內衣

・吸管

杯子從來沒認真滿過
有時裝著可樂或許現榨西瓜汁
冰塊浮啊浮很難找到空隙
你說插入要問嘴唇的行事曆
但水面只要下降
看起來離少女的祈禱
有著一隻蟬中暑的距離

它很高興有兩種以上的外力
掌握著它彎腰的可能

水面慢慢下降
杯子從沒認真滿過

・無塵莫擾

請別碰一個剛出生的嬰兒
他可能有點乾淨
不論笑容還是哭聲
把他裝在保溫箱
像潘朵拉一樣
希望長大後
臉頰或額頭有點髒
我們才敢摸

到處都是用過的奶瓶
裝著半純的牛奶
我們敢喝
假裝嬰兒們也懂得勇敢
喝下去

214
215

【後記】

對於世界，我只是想在其中凜凜地飄落自己

渺小，是我對自己在這世上，喔，這或許還是太過於自負的說法。低頭深思自己究竟是什麼，那似乎有點矯情。姑且就讓意識去替自己發言，在語言還沒傳達出去前，我覺得自己是渺小的，譬如一輪剛剛落下的雪花，只有一瞬間的寒冷，能證明自己曾經被感受過，被察覺過。

我不太敢提寫詩，畢竟自己只是盡力去感受這個世界，用自己能夠體會的感動，去留下一些對周遭環境或人事的註解，有時太過於武斷，有時則太過於浪漫。而組成世界的法則絕對不只我看到的這樣，因此，我只能不停歇地書寫下去，或被這個多元的世界所簇擁，慢慢被那既龐大且溫暖的懷抱所窒息。

我只想像白雪般那樣潔淨地漂泊於世，偶爾留些殘瑕，但絕不想徹底地拒絕這個世界，微冷，迎望凜凜的遠方，邁開腳步，讓體溫再下降一點點，下降到理智無法承受的地步，於是我才能真正清醒，所以我寫詩，讓自己保持在零度以下，看起來有些自嘲，而這是唯一的一個，我認為自己還能面對世界的方式。

上街看看書，逛逛百貨公司，聽聽校園裡那收納學生嘈雜的鐘聲，有太多太多誘因讓人不知如何是好，所以我停在原地，觀看自己的分身慢慢墜落，然後被許許多多的人踩過，那就是種被遺棄的幸福，而他們的腳影會拉扯著我的思緒，帶我進入另一個新的世界。

於是我用溫暖的凜冷，替自己寫一首漫長的詩，永遠都是潔白的冬季，但絕不寒冷，只是小心翼翼。

・寫作歷程

一九八三年　出生於新竹。

二〇〇〇年　畢業於新竹高中。

二〇〇四年　開始努力寫作，於喜菡文學網發表詩與散文，並加入行動讀詩會。

二〇〇六年　獲聯合文學巡迴文藝營新詩首獎、第一屆行動讀詩會詩獎。加入吹鼓吹詩論壇。

二〇〇八年　獲喜菡文學網第二屆新詩獎佳作。

二〇一〇年　獲台灣詩學第一屆創作獎——散文詩獎優選。

二〇一二年　擔任吹鼓吹詩論壇長詩版版主、喜菡文學網新詩版、散文版版主。

要讀詩02　PG1055

要有光 FIAT LUX

向一根半透明的電線桿祈雪
——蘇家立詩集

作　　者	蘇家立
主　　編	蘇紹連
責任編輯	黃姣潔
圖文排版	詹凱倫
封面設計	日　日

出版策劃	要有光
製作發行	秀威資訊科技股份有限公司 114 台北市內湖區瑞光路76巷65號1樓 電話：+886-2-2796-3638　傳真：+886-2-2796-1377 服務信箱：service@showwe.com.tw http://www.showwe.com.tw
郵政劃撥	19563868　戶名：秀威資訊科技股份有限公司
展售門市	國家書店【松江門市】 104 台北市中山區松江路209號1樓 電話：+886-2-2518-0207　傳真：+886-2-2518-0778
網路訂購	秀威網路書店：http://www.bodbooks.com.tw 國家網路書店：http://www.govbooks.com.tw
法律顧問	毛國樑　律師
總 經 銷	易可數位行銷股份有限公司 地址：231新北市新店區寶橋路235巷6弄3號5樓 電話：+886-2-8911-0825　傳真：+886-2-8911-0801 e-mail：book-info@ecorebooks.com 易可部落格：http://ecorebooks.pixnet.net/blog

出版日期	2013年9月　BOD一版
定　　價	300元

版權所有・翻印必究（本書如有缺頁、破損或裝訂錯誤，請寄回更換）
Copyright © 2013 by Showwe Information Co., Ltd.
All Rights Reserved

Printed in Taiwan

國家圖書館出版品預行編目

向一根半透明的電線桿祈雪：蘇家立詩集 / 蘇家立著. --
一版. -- 臺北市：要有光, 2013. 09
面； 公分. -- (要讀詩；PG1055)
BOD版
ISBN 978-986-89852-3-0 (平裝)

851.486 102016056

讀者回函卡

感謝您購買本書，為提升服務品質，請填妥以下資料，將讀者回函卡直接寄回或傳真本公司，收到您的寶貴意見後，我們會收藏記錄及檢討，謝謝！如您需要了解本公司最新出版書目、購書優惠或企劃活動，歡迎您上網查詢或下載相關資料：http:// www.showwe.com.tw

您購買的書名：______________________________

出生日期：________年________月________日

學歷：□高中（含）以下　□大專　□研究所（含）以上

職業：□製造業　□金融業　□資訊業　□軍警　□傳播業　□自由業

□服務業　□公務員　□教職　□學生　□家管　□其它_____

購書地點：□網路書店　□實體書店　□書展　□郵購　□贈閱　□其他

您從何得知本書的消息？

□網路書店　□實體書店　□網路搜尋　□電子報　□書訊　□雜誌

□傳播媒體　□親友推薦　□網站推薦　□部落格　□其他__________

您對本書的評價：（請填代號　1.非常滿意　2.滿意　3.尚可　4.再改進）

封面設計____　版面編排____　內容____　文／譯筆____　價格____

讀完書後您覺得：

□很有收穫　□有收穫　□收穫不多　□沒收穫

對我們的建議：______________________________

____

____

____

請貼
郵票

11466
台北市內湖區瑞光路 76 巷 65 號 1 樓

秀威資訊科技股份有限公司 收

BOD 數位出版事業部

(請沿線對折寄回，謝謝！)

姓　　名：＿＿＿＿＿＿＿＿　年齡：＿＿＿＿　性別：□女　□男

郵遞區號：□□□□□

地　　址：＿＿＿＿＿＿＿＿＿＿＿＿＿＿＿＿

聯絡電話：(日)＿＿＿＿＿＿＿＿(夜)＿＿＿＿＿＿＿＿

E-mail：＿＿＿＿＿＿＿＿＿＿＿＿＿＿＿＿